Va-t'en, gros loup

Texte d'Anne-Marie Chapoutⷪ

Illustrations d'Annick Bougeroᴸ

Albums du Père Castor Flammarion

© 1992 Castor Poche Flammarion pour le texte et l'illustration
© 2004 Père Castor Éditions Flammarion pour la présente édition
Imprimé en Italie - ISBN : 978-2-0816-2498-6

Il était
trois petits lapins
qui s'en allaient

au bois
chercher des fraises,
de bonnes fraises des bois.

3

En chemin, ils chantent :
Hou ! Hou !
Va-t'en loup,
gros loup méchant !
Va-t'en, va-t'en !

Mais le loup n'a pas peur.
Il a tout entendu.

Il dit :
«Miam ! miam ! Je suis gourmand !
Le temps de m'habiller, parce qu'il fait frais,
et je m'en vais les croquer tous les trois,
farcis à la fraise des bois. »

Vite, vite, il attrape sa culotte.
Crotte ! l'élastique est craqué.

Alors le loup,
le gros loup méchant,
enfile une aiguille
et se met à raccommoder,
en se disant :
« Pas de panique,
j'ai tout mon temps ! »

9

Les lapins sont arrivés.
Ils cueillent des fraises en chantant toujours :
Hou ! Hou !
Va-t'en loup,
gros loup méchant !
Va-t'en, va-t'en !

« Ha ha ! J'arrive »,
pense le loup en enfilant sa chemise.

Mais il lui manque trois boutons.
Ça lui fait un courant d'air
sur l'estomac et des *guili-guili*
sur le nombril.

Alors, il va chercher
une autre chemise.

Les lapins cueillent toujours
en se dépêchant.
Hou ! Hou !
Va-t'en loup,
gros loup méchant !
Va-t'en, va-t'en !

« Minute, minute ! »
dit le loup en glissant la chemise
dans son pantalon.

Ça y est, enfin.
Il est prêt.

Il fait trois pas en courant,
mais, aïe ! Il s'arrête
en se tenant un pied.

« Boudin, crottin !
C'est plein de
piquants par ici ! »

Et il revient en boitillant
pour enfiler ses souliers.
Tant pis si les lacets
sont craqués.

Maintenant, le gros loup
méchant est tout à fait prêt
et il peut enfin crier :
« J'ARRIVE ! »

Mais, *PLAF* !

Il se prend les pieds
dans ses lacets…

… et il s'étale à plat ventre
dans les ronces bien piquantes.

« AILLE ILLE OUILLE ! »
hurle le loup.

« Mon nez !
Mon pauvre nez ! »

Les lapins ont tout entendu
et s'en vont en courant vite, vite,
jusqu'à leur terrier.
Sauvés !

Ce matin, le gros loup des bois
mangera des fraises,
de bonnes fraises des bois
et pas de petits lapins...

... et voilà ! Voilà !
Et tant pis s'il n'aime pas ça !

G. Canale & C. S. p. A, Borgaro T. se - Turin - 03 - 2009 - Dépôt légal : Janvier 2004 - Editions Flammarion (N°2498) Paris, France
Loi n° 49-956 du 16 juillet 1949 sur les publications destinées à la jeunesse